Anton Tschechow

In der Osternacht

Антон Чехов

Святою ночью

Tschechow, A. P. / Чехов, А. П.

In der Osternacht/ Святою ночью

zweisprachige Ausgabe/двуязычное издание

ISBN: 978-3-86267-448-0

Auflage: 1
Erscheinungsjahr: 2011
Erscheinungsort: Bremen, Deutschland
Cover: Ausschnitt aus dem Gemälde von Isaak Lewitan "Abendglocken".

Deutsche Übersetzung stammt von Alexander Eliasberg und wurde der neuen Rechtschreibung angepasst, die Transkription russischer Eigennamen wurde beibehalten.

Europäischer Literaturverlag GmbH, Fahrenheitstr. 1, 28359 Bremen (www.elv-verlag.de).

In der Osternacht

Святою ночью

www.elv-verlag.de

Ich stand am Ufer der Goltwa und wartete auf die Fähre. Zur gewöhnlichen Zeit stellt diese Goltwa ein mittelgroßes, schweigsames und versonnenes Flüsschen dar, das mild durch das dichte Schilf leuchtet; jetzt breitete sich aber vor mir ein ganzer See aus. Die unbändigen Frühlingsgewässer hatten die beiden Ufer überschritten und die Gemüsegärten, Wiesen und Sümpfe überschwemmt, sodass aus der Wasseroberfläche hie und da einsame Pappeln und Sträucher ragten, die im Finstern düsteren Felsen glichen.

Das Wetter erschien mir herrlich. Es war dunkel, aber ich unterschied dennoch die Bäume, das Wasser und die Menschen ... Die Welt wurde von den Sternen erleuchtet, von denen der Himmel dicht übersät war. Ich kann mich nicht erinnern, jemals so viele Sterne gesehen zu haben. Es war buchstäblich kein Fleck, wo man mit dem Finger hintippen könnte. Die einen waren so groß wie Gänseeier, die anderen winzig wie Hanfsamen ... Der Feiertagsparade wegen waren sie alle von klein bis groß auf den Himmel getreten, gewaschen, erneut, freudig, und alle bewegten still ihre Strahlen. Der Himmel spiegelte sich im Wasser; die Sterne badeten in der dunklen Tiefe und zitterten mit dem leisen Gekräusel der Wasseroberfläche. Die Luft war warm und still ... Weit am anderen Ufer brannten in der schwarzen Finsternis vereinzelte grellrote Feuer ...

Zwei Schritt vor mir ragte die dunkle Silhouette eines Bauern in hohem Hut, mit einem dicken Knotenstock in der Hand.

»So lange kommt die Fähre nicht!«, sagte ich.

Я стоял на берегу Голтвы и ждал с того берега парома. В обыкновенное время Голтва представляет из себя речонку средней руки, молчаливую и задумчивую, кротко блистающую из-за густых камышей, теперь же предо мной расстилалось целое озеро. Разгулявшаяся вешняя вода перешагнула оба берега и далеко затопила оба побережья, захватив огороды, сенокосы и болота, так что на водной поверхности не редкость было встретить одиноко торчащие тополи и кусты, похожие в потемках на суровые утесы.

Погода казалась мне великолепной. Было темно, но я все-таки видел и деревья, и воду, и людей... Мир освещался звездами, которые всплошную усыпали всё небо. Не помню, когда в другое время я видел столько звезд. Буквально некуда было пальцем ткнуть. Тут были крупные, как гусиное яйцо, и мелкие, с конопляное зерно... Ради праздничного парада вышли они на небо все до одной, от мала до велика, умытые, обновленные, радостные, и все до одной тихо шевелили своими лучами. Небо отражалось в воде; звезды купались в темной глубине и дрожали вместе с легкой зыбью. В воздухе было тепло и тихо... Далеко, на том берегу, в непроглядной тьме, горело врассыпную несколько ярко-красных огней...

В двух шагах от меня темнел силуэт мужика в высокой шляпе и с толстой, суковатой палкой.

— Как, однако, долго нет парома! — сказал я.

»Es wäre längst Zeit für sie«, antwortete die Silhouette.

»Wartest du auch auf die Fähre?«

»Nein, ich stehe nur so da«, antwortete der Bauer gähnend. »Ich warte auf die Illumination. Ich würde schon hinüberfahren, aber mir fehlen die fünf Kopeken für die Fähre.«

»Ich will dir die fünf Kopeken geben.«

»Nein, ich danke ergebenst ... Für diese fünf Kopeken kannst du für mich dort im Kloster eine Kerze spenden ... So wird es besser sein, ich will hier bleiben. Wo nur die Fähre bleibt! Es ist von ihr nichts zu sehen!«

Der Bauer trat dicht ans Wasser, ergriff mit der Hand das Seil und schrie:

»Jeronim! Jeron–i–im!«

Als Antwort auf seinen Ruf ertönte vom anderen Ufer der gedehnte Schlag einer großen Glocke. Der Ton war tief wie der der dicksten Saite einer Bassgeige: Es klang, als ob er von der Dunkelheit selbst erzeugt wäre. Gleich darauf ertönte ein Kanonenschuss. Er rollte durch die Dunkelheit und erstarb irgendwo weit hinter meinem Rücken. Der Bauer zog den Hut und bekreuzigte sich.

»Christ ist erstanden!«, sagte er.

Die Schwingungen des ersten Glockenschlages waren noch nicht erstorben, als schon ein zweiter, dann ein dritter ertönte und die Dunkelheit sich mit einem ununterbrochenen zitternden Dröhnen füllte.

— А пора ему быть, — ответил мне силуэт.

— Ты тоже дожидаешься парома?

— Нет, я так... — зевнул мужик, — люминации дожидаюсь. Поехал бы, да, признаться, пятачка на паром нет.

— Я тебе дам пятачок.

— Нет, благодарим покорно... Ужо на этот пятачок ты за меня там в монастыре свечку поставь... Этак любопытней будет, а я и тут постою. Скажи на милость, нет парома! Словно в воду канул!

Мужик подошел к самой воде, взялся рукой за канат и закричал:

— Иероним! Иерони-им!

Точно в ответ на его крик, с того берега донесся протяжный звон большого колокола. Звон был густой, низкий, как от самой толстой струны контрабаса: казалось, прохрипели сами потемки. Тотчас же послышался выстрел из пушки. Он прокатился в темноте и кончился где-то далеко за моей спиной. Мужик снял шляпу и перекрестился.

— Христос воскрес! — сказал он.

Не успели застыть в воздухе волны от первого удара колокола, как послышался другой, за ним тотчас же третий, и потемки наполнились непрерывным, дрожащим гулом.

Neben den roten Feuern leuchteten andere Feuer auf, und alle gerieten in eine unruhige Bewegung.

»Jeron–i–im!«, ertönte ein dumpfer, gedehnter Schrei.

»Da schreit wer vom anderen Ufer«, sagte der Bauer. »Also ist die Fähre auch nicht drüben. Unser Jeronim ist eingeschlafen.«

Die Feuer und das samtweiche Glockengeläute lockten hinüber. Ich fing schon an, die Geduld zu verlieren und unruhig zu werden, als in der dunklen Ferne etwas wie die Silhouette eines Galgens auftauchte. Es war die längst ersehnte Fähre.

Sie bewegte sich so langsam, dass, wenn ihre Umrisse nicht immer deutlicher hervorträten, man annehmen könnte, sie stehe auf einem Feld oder fahre ans andre Ufer.

»Schneller! Jeronim!«, schrie mein Bauer. »Der Herr wartet!«

Die Fähre kam langsam ans Ufer, schwankte und blieb knarrend stehen. Auf ihr stand, sich am Seil festhaltend, ein groß gewachsener Mensch in einer Mönchskutte, mit einem konischen Käppchen auf dem Kopfe.

»Warum so lange?«, fragte ich, auf die Fähre springend.

»Verzeihen Sie, um Christi willen«, antwortete Jeronim leise. »Ist sonst niemand da?«

»Nein, niemand...«

Jeronim ergriff mit beiden Händen das Seil, krümmte sich zu einem Fragezeichen und hüstelte.

Около красных огней загорелись новые огни и все вместе задвигались, беспокойно замелькали.

— Иерони-м! — послышался глухой протяжный крик.

— С того берега кричат, — сказал мужик. — Значит, и там нет парома. Заснул наш Иероним.

Огни и бархатный звон колокола манили к себе... Я уж начал терять терпение и волноваться, но вот наконец, вглядываясь в темную даль, я увидел силуэт чего-то, очень похожего на виселицу. Это был давно жданный паром.

Он подвигался с такою медленностью, что если б не постепенная обрисовка его контуров, то можно было бы подумать, что он стоит на одном месте или же идет к тому берегу.

— Скорей! Иероним! — крикнул мой мужик. — Барин дожидается!

Паром подполз к берегу, покачнулся и со скрипом остановился. На нем, держась за канат, стоял высокий человек в монашеской рясе и в конической шапочке.

— Отчего так долго? — спросил я, вскакивая на паром.

— Простите Христа ради, — ответил тихо Иероним. — Больше никого нет?

— Никого...

Иероним взялся обеими руками за канат, изогнулся в вопросительный знак и крякнул.

Die Fähre knarrte und schwankte. Die Silhouette des Bauern im hohen Hut fing an, sich von mir langsam zu entfernen – die Fähre war also in Bewegung, Jeronim richtete sich bald auf und fing an, mit nur einer Hand zu arbeiten. Wir schwiegen und sahen aufs Ufer, zu dem wir fuhren. Dort begann schon die Illumination, auf die der Bauer wartete. Dicht am Wasser loderten Pechfässer. Ihre Spiegelungen, trübrot, wie der aufgehende Mond, glitten als lange breite Streifen uns entgegen. Die brennenden Fässer beleuchteten ihren eigenen Rauch und die langen Menschenschatten, die sich um das Feuer bewegten; aber seitwärts und hinter ihnen, von wo das samtweiche Läuten tönte, war noch immer die gleiche schwarze Finsternis. Plötzlich flog, die Finsternis durchschneidend, als goldenes Band eine Rakete empor; sie beschrieb einen Bogen, zerschellte gleichsam am Himmel und zerstob knatternd zu Funken. Vom Ufer her tönte ein dumpfer Lärm, der wie ein fernes Hurrageschrei klang.

»Wie schön!«, sagte ich.

»Es lässt sich gar nicht sagen, wie schön es ist!«, sagte Jeronim und seufzte. »Diese Nacht, Herr! Zu einer anderen Zeit achtet man gar nicht auf so eine Rakete, heute freut man sich aber über jede Dummheit. Woher sind Sie, Herr?«

Ich sagte es ihm.

»So, so ... ein freudiger Tag ist heute ...«, fuhr Jeronim mit schwacher, seufzender Tenorstimme fort, mit der genesende Kranke zu sprechen pflegen.

Паром скрипнул и покачнулся. Силуэт мужика в высокой шляпе стал медленно удаляться от меня — значит, паром поплыл. Иероним скоро выпрямился и стал работать одной рукой. Мы молчали и глядели на берег, к которому плыли. Там уже началась «люминация», которой дожидался мужик. У самой воды громадными кострами пылали смоляные бочки. Отражения их, багровые, как восходящая луна, длинными, широкими полосами ползли к нам навстречу. Горящие бочки освещали свой собственный дым и длинные человеческие тени, мелькавшие около огня; но далее в стороны и позади них, откуда несся бархатный звон, была всё та же беспросветная, черная мгла. Вдруг, рассекая потемки, золотой лентой взвилась к небу ракета; она описала дугу и, точно разбившись о небо, с треском рассыпалась в искры. С берега послышался гул, похожий на отдаленное ура.

— Как красиво! — сказал я.

— И сказать нельзя, как красиво! — вздохнул Иероним. — Ночь такая, господин! В другое время и внимания не обратишь на ракеты, а нынче всякой суете радуешься. Вы сами откуда будете?

Я сказал, откуда я.

— Так-с... радостный день нынче... — продолжал Иероним слабым, вздыхающим теноркой, каким говорят выздоравливающие больные.

»Himmel und Erde und die Unterwelt freuen sich. Die ganze Kreatur jubelt. Sagen Sie mir nur, lieber Herr: Warum kann der Mensch auch bei großer Freude seinen Schmerz nicht vergessen?«

Ich glaube, dass er mich mit dieser unerwarteten Frage zu einem der unendlichen, frommen Gespräche herausforderte, die die müßigen und sich langweilenden Mönche so lieben. Ich war nicht in der Stimmung, um viel zu sprechen, und fragte bloß:

»Was haben Sie denn für Schmerzen, Bruder?«

»Gewöhnliche Schmerzen, wie alle Menschen, Euer Wohlgeboren, lieber Herr, aber heute haben wir im Kloster einen besonderen Schmerz gehabt: Während der Messe mitten in der Bibelvorlesung ist der Hierodiakon Nikolai gestorben...«

»Nun, es ist Gottes Wille!«, sagte ich, indem ich mich bemühte, mich dem mönchischen Ton anzupassen. »Alle müssen sterben. Ich meine, Sie müssten sich sogar freuen ... Man sagt doch, dass einer, der vor Ostern oder am Ostertage gestorben ist, ganz sicher ins Himmelreich kommt.«

»Das stimmt.«

Wir verstummten. Die Silhouette des Bauern im hohen Hut hatte sich in den Umrissen des Ufers aufgelöst. Die Pechfässer loderten immer stärker.

»Auch die Schrift und die Überlegung weisen auf die Nichtigkeit der Trauer hin«, unterbrach Jeronim das Schweigen. »Warum trauert aber die Seele und will auf die Vernunft nicht hören? Warum möchte man bitter weinen?«

— Радуется и небо, и земля, и преисподняя. Празднует вся тварь. Только скажите мне, господин хороший, отчего это даже и при великой радости человек не может скорбей своих забыть?

Мне показалось, что этот неожиданный вопрос вызывал меня на один из тех «продлинновенных», душеспасительных разговоров, которые так любят праздные и скучающие монахи. Я не был расположен много говорить, а потому только спросил:

— А какие, батюшка, у вас скорби?

— Обыкновенно, как и у всех людей, ваше благородие, господин хороший, но в нынешний день случилась в монастыре особая скорбь: в самую обедню, во время паремий, умер иеродьякон Николай...

— Что ж, это божья воля! — сказал я, подделываясь под монашеский тон. — Всем умирать нужно. По-моему, вы должны еще радоваться... Говорят, что кто умрет под Пасху или на Пасху, тот непременно попадет в царство небесное.

— Это верно.

Мы замолчали. Силуэт мужика в высокой шляпе слился с очертаниями берега. Смоляные бочки разгорались всё более и более.

— И писание ясно указывает на суету скорби, и размышление, — прервал молчание Иероним, — но отчего же душа скорбит и не хочет слушать разума? Отчего горько плакать хочется?

Jeronim zuckte die Achseln, wandte sich zu mir um und sagte schnell:

»Wenn ich, oder wer anderes stirbt, so wird man es vielleicht gar nicht merken; aber es ist Nikolai! Niemand anderes als Nikolai! Es ist sogar schwer zu glauben, dass er nicht mehr auf der Welt ist! Ich stehe hier auf der Fähre, und es ist mir immer, als würde ich gleich seine Stimme vom anderen Ufer hören. Damit ich mich allein auf der Fähre nicht fürchte, pflegte er immer ans Ufer zu kommen und mich zu rufen. Dazu stand er eigens vom Bette auf. Die gute Seele! Mein Gott, was für eine gute und barmherzige Seele! Manche Mutter ist nicht so, wie dieser Nikolai zu mir war! Herr, rette seine Seele!«

Jeronim ergriff das Seil, wandte sich aber gleich wieder zu mir um.

»Euer Wohlgeboren, und was für ein heller Geist!«, sagte er mit singender Stimme. »Was für eine wohltönende und süße Sprache! So süß, wie man jetzt gleich bei der Ostermesse singen wird: ›Oh, deine freundliche und süße Stimme!‹ Außer allen anderen menschlichen Eigenschaften hatte er auch noch eine ungewöhnliche Gabe!«

»Was für eine Gabe?«, fragte ich.

Der Mönch sah mich an, als wollte er sich überzeugen, ob man mir ein Geheimnis anvertrauen dürfe, und lachte lustig auf.

»Er hatte die Gabe, Akathiste zu schreiben ... «, sagte er. »Ein wahres Wunder, lieber Herr! Sie werden staunen, wenn ich es Ihnen erkläre! Unser Archimandrit stammt aus Moskau, der Vikar hat die Kasaner Geistliche Akademie absolviert, wir haben manchen

Иероним пожал плечами, повернулся ко мне и заговорил быстро:

— Умри я или кто другой, оно бы, может, и незаметно было, но ведь Николай умер! Никто другой, а Николай! Даже поверить трудно, что его уж нет на свете! Стою я тут на пароме и всё мне кажется, что сейчас он с берега голос свой подаст. Чтобы мне на пароме страшно не казалось, он всегда приходил на берег и окликал меня. Нарочито для этого ночью с постели вставал. Добрая душа! Боже, какая добрая и милостивая! У иного человека и матери такой нет, каким у меня был этот Николай! Спаси, господи, его душу!

Иероним взялся за канат, но тотчас же опять повернулся ко мне.

— Ваше благородие, а ум какой светлый! — сказал он певучим голосом. — Какой язык благозвучный и сладкий! Именно, как вот сейчас будут петь в заутрени: «О, любезнаго! о, сладчайшаго твоего гласа!» Кроме всех прочих человеческих качеств, в нем был еще и дар необычайный!

— Какой дар? — спросил я.

Монах оглядел меня и, точно убедившись, что мне можно вверять тайны, весело засмеялся.

— У него был дар акафисты писать... — сказал он. — Чудо, господин, да и только! Вы изумитесь, ежели я вам объясню! Отец архимандрит у нас из московских, отец наместник в Казанской академии кончил, есть у нас и иеромонахи ра-

klugen Hieromonachen und Starez, doch es ist keiner darunter, der zu schreiben verstünde. Aber Nikolai, der einfache Mönch und Hierodiakon, der nirgends studiert hat und dem man es gar nicht ansah, verstand zu schreiben! Ein Wunder! Ein wahres Wunder!«

Jeronim schlug die Hände zusammen und fuhr begeistert fort, ohne sich mehr um das Seil zu kümmern:

»Der Vikar hat große Schwierigkeiten, wenn er eine Predigt verfassen soll; als er die Geschichte des Klosters schrieb, hat er die ganze Bruderschaft müde gehetzt und ist selbst an die zehnmal in die Stadt gefahren. Nikolai schrieb aber Akathiste! Akathiste! Das ist doch etwas ganz anderes als eine Predigt oder eine Geschichte!«

»Ist es denn schwer, Akathiste zu schreiben?«, fragte ich.

»Sehr schwer ...«, antwortete Jeronim und schüttelte den Kopf. »Hier kann man mit Heiligkeit und Weisheit nichts ausrichten, wenn Gott einem die Gabe versagt hat. Mönche, die es nicht verstehen, meinen, man brauche dabei nur gut das Leben des Heiligen zu kennen, dem der Akathistos gewidmet ist, und sich nach den anderen Akathisten zu richten. Aber das ist falsch, Herr. Wer einen Akathistos schreibt, muss allerdings das Leben des Heiligen sehr genau mit allen Einzelheiten kennen. Er muss sich auch nach den anderen Akathisten richten: wie sie anfangen und wie sie geschrieben sind. Beispielsweise beginnt der erste Abschnitt immer mit dem Worte ›Erwählt‹ oder ›Auserwählt‹ ...

зумные, и старцы, но ведь, скажи пожалуйста, ни одного такого нет, чтобы писать умел, а Николай, простой монах, иеродьякон, нигде не обучался и даже видимости наружной не имел, а писал! Чудо! Истинно чудо!

Иероним всплеснул руками и, совсем забыв про канат, продолжал с увлечением:

— Отец наместник затрудняется проповеди составлять; когда историю монастыря писал, то всю братию загонял и раз десять в город ездил, а Николай акафисты писал! Акафисты! Это не то что проповедь или история!

— А разве акафисты трудно писать? — спросил я.

— Большая трудность... — покрутил головой Иероним. — Тут и мудростью и святостью ничего не поделаешь, ежели бог дара не дал. Монахи, которые не понимающие, рассуждают, что для этого нужно только знать житие святого, которому пишешь, да с прочими акафистами соображаться. Но это, господин, неправильно. Оно, конечно, кто пишет акафист, тот должен знать житие до чрезвычайности, до последней самомалейшей точки. Ну и соображаться с прочими акафистами нужно, как где начать и о чем писать. К примеру сказать вам, первый кондак везде начинается с «возбранный» или «избранный»...

Der erste Lobgesang beginnt immer mit einem ›Engel‹. Der Akathistos an den süßesten Jesus beginnt, wenn es Sie interessiert, so: ›Der Engel Schöpfer und der Heerscharen Herr‹; der Akathistos an die Allerheiligste Muttergottes: ›Der Engel ward vom Himmel gesandt‹; an Nikolai den Wundertäter: ›Engel an Gestalt und irdisch als Geschöpf‹ usw. Immer fängt es mit dem Engel an. Natürlich muss man sich danach richten, das Wichtigste ist aber nicht die Lebensgeschichte des Heiligen und nicht die Übereinstimmung mit den anderen, sondern die Schönheit und Süße. Alles muss glatt, kurz und ausführlich sein. In jeder Zeile muss eine Zartheit, Freundlichkeit und Milde liegen, es darf kein einziges hartes, rohes oder unpassendes Wort vorkommen. Man muss es so schreiben, dass der Betende in seinem Herzen frohlocke und meine, dass sein Geist erbebe und erschauere. Im Akathistos an die Muttergottes kommen die Worte vor: ›Freue dich, du von menschlichen Gedanken unerreichbare Höhe! Freue dich, du auch für Engelsaugen unsichtbare Tiefe!‹ An einer anderen Stelle des gleichen Akathistos heißt es: ›Freue dich, du hellfrüchtiger Baum, von dem sich die Gläubigen nähren, freue dich, du Schönlaub schattender Baum, unter dem viele Schutz finden!‹«

Jeronim bedeckte wie beschämt oder erschrocken das Gesicht mit den Händen und schüttelte den Kopf.

»Hellfrüchtiger Baum ... Schönlaub schattender Baum ...«, murmelte er. »Wie findet man nur solche Worte! Gibt doch Gott einem diese Gabe!

Первый икос завсегда надо начинать с ангела. В акафисте к Иисусу Сладчайшему, ежели интересуетесь, он начинается так: «Ангелов творче и господи сил», в акафисте к пресвятой богородице: «Ангел предстатель с небесе послан бысть», к Николаю Чудотворцу: «Ангела образом, земнаго суща естеством» и прочее. Везде с ангела начинается. Конечно, без того нельзя, чтобы не соображаться, но главное ведь не в житии, не в соответствии с прочим, а в красоте и сладости. Нужно, чтоб всё было стройно, кратко и обстоятельно. Надо, чтоб в каждой строчечке была мягкость, ласковость и нежность, чтоб ни одного слова не было грубого, жесткого или несоответствующего. Так надо писать, чтоб молящийся сердцем радовался и плакал, а умом содрогался и в трепет приходил. В богородичном акафисте есть слова: «Радуйся, высото, неудобовосходимая человеческими помыслы; радуйся, глубино, неудобозримая и ангельскима очима!» В другом месте того же акафиста сказано: «Радуйся, древо светлоплодовитое, от него же питаются вернии; радуйся, древо благосеннолиственное, им же покрываются мнози!»

Иероним, словно испугавшись чего-то или застыдившись, закрыл ладонями лицо и покачал головой.

— Древо светлоплодовитое... древо благосеннолиственное... — пробормотал он. — Найдет же такие слова! Даст же господь такую способность!

Der Kürze wegen verdichtet er viele Worte und Gedanken zu einem einzigen Wort, und wie schön und ausführlich es ihm gerät! ›Licht spendende Leuchte‹ heißt es im Akathistos an den süßesten Jesus. Licht spendend! Dieses Wort gibt es weder im Gespräch, noch in den Büchern, er hat es aber erdacht und in seinem Geiste gefunden! Außer dass es glatt und reich klingt, muss jede Zeile auch noch auf jede mögliche Weise ausgeschmückt sein, es müssen Blumen darin sein, der Blitz, der Wind, die Sonne und alle Gegenstände der sichtbaren Welt. Jede Anrufung muss so abgefasst sein, dass sie glatt und für das Ohr wohltuend sei.

›Freue dich, du Lilie paradiesischen Wachstums!‹ heißt es im Akathistos an Nikolai den Wundertäter. Es heißt nicht einfach: ›Paradiesische Lilie‹, sondern ›Lilie paradiesischen Wachstums!‹ So ist es glatter und für das Ohr süßer, so schrieb eben Nikolai. Genau so! Ich kann Ihnen gar nicht sagen, wie er schrieb!«

»Ja, in diesem Falle ist es wirklich schade, dass er gestorben ist«, sagte ich. »Wollen wir aber fahren, Bruder, sonst kommen wir zu spät …«

Jeronim kam zu Besinnung und lief zum Seil. Am Ufer läuteten schon alle Glocken. Um das Kloster herum ging wohl schon die Prozession, denn der ganze dunkle Raum hinter den Fässern war voller Lichter, die sich bewegten.

»Hat Nikolai seine Akathiste gedruckt?«, fragte ich Jeronim.

Для краткости много слов и мыслей пригонит в одно слово и как это у него всё выходит плавно и обстоятельно! «Светоподательна светильника сущим...» — сказано в акафисте к Иисусу Сладчайшему. Светоподательна! Слова такого нет ни в разговоре, ни в книгах, а ведь придумал же его, нашел в уме своем! Кроме плавности и велеречия, сударь, нужно еще, чтоб каждая строчечка изукрашена была всячески, чтоб тут и цветы были, и молния, и ветер, и солнце, и все предметы мира видимого. И всякое восклицание нужно так составить, чтоб оно было гладенько и для уха вольготней.

«Радуйся, крине райскаго прозябения!» — сказано в акафисте Николаю Чудотворцу. Не сказано просто «крине райский», а «крине райскаго прозябения»! Так глаже и для уха сладко. Так именно и Николай писал! Точь-в-точь так! И выразить вам не могу, как он писал!

— Да, в таком случае жаль, что он умер, — сказал я. — Однако, батюшка, давайте плыть, а то опоздаем...

Иероним спохватился и побежал к канату. На берегу начали перезванивать во все колокола. Вероятно, около монастыря происходил уже крестный ход, потому что всё темное пространство за смоляными бочками было теперь усыпано двигающимися огнями.

— Николай печатал свои акафисты? — спросил я Иеронима.

»Wer dachte ans Drucken?«, sagte er seufzend. »Es wäre auch sonderbar, sie zu drucken. Wozu auch? Bei uns im Kloster interessiert sich niemand dafür. Man liebt es nicht. Man wusste wohl, dass Nikolai Akathiste schrieb, schenkte aber dem keine Beachtung. Heute schätzt niemand die neueren Dichtungen dieser Art!«

»Man hat Vorurteile gegen sie?«

»Gewiss. Wäre Nikolai ein Starez, so hätten sich die Brüder vielleicht doch interessiert, er war aber noch nicht vierzig Jahre alt. Manche lachten sogar darüber und hielten sein Schreiben für eine Sünde.«

»Wozu schrieb er dann?«

»So, eigentlich nur zu seinem eigenen Trost. Von allen Brüdern las nur ich allein seine Akathiste. Ich pflegte zu ihm heimlich zu kommen, damit es die anderen nicht sehen, er aber freute sich, dass ich mich dafür interessierte. Er umarmte mich, streichelte mir den Kopf und sprach zu mir freundliche Worte wie zu einem kleinen Kind. Er schloss die Türe zu, setzte mich neben sich und fing zu lesen an ...«

Jeronim ließ das Seil und ging wieder auf mich zu.

»Wir waren wie Freunde«, flüsterte er, mich mit strahlenden Augen ansehend. »Wir waren immer zusammen. Wenn ich nicht bei ihm war, grämte er sich. Er liebte mich auch mehr als alle, weil ich über seine Akathiste weinte. Wenn ich daran denke, bin ich ganz gerührt. Jetzt bin ich wie eine Waise oder Witwe. Wissen Sie, wir haben im Kloster lauter brave, gute, fromme Menschen, aber ... in keinem ist Weichheit oder Zartgefühl, sie sind wie aus einfachem Stande. Sie sprechen alle laut; wenn sie gehen, stampfen sie

— Где ж печатать? — вздохнул он. — Да и странно было бы печатать. К чему? В монастыре у нас этим никто не интересуется. Не любят. Знали, что Николай пишет, но оставляли без внимания. Нынче, сударь, новые писания никто не уважает!

— С предубеждением к ним относятся?

— Точно так. Будь Николай старцем, то, пожалуй, может, братия и полюбопытствовала бы, а то ведь ему еще и сорока лет не было. Были которые смеялись и даже за грех почитали его писание.

— Для чего же он писал?

— Так, больше для своего утешения. Из всей братии только я один и читал его акафисты. Приду к нему потихоньку, чтоб прочие не видели, а он и рад, что я интересуюсь. Обнимет меня, по голове гладит, ласковыми словами обзывает, как дитя маленького. Затворит келью, посадит меня рядом с собой и давай читать…

Иероним оставил канат и подошел ко мне.

— Мы вроде как бы друзья с ним были, — зашептал он, глядя на меня блестящими глазами. — Куда он, туда и я. Меня нет, он тоскует. И любил он меня больше всех, а всё за то, что я от его акафистов плакал. Вспоминать трогательно! Теперь я всё равно как сирота или вдовица. Знаете, у нас в монастыре народ всё хороший, добрый, благочестивый, но… ни в ком нет мягкости и деликатности, всё равно как люди простого

mit den Füßen, sie lärmen und husten; Nikolai sprach aber immer leise und sanft, und wenn er sah, dass jemand schlief oder betete, so ging er so leise vorbei wie eine Fliege oder eine Mücke. Auch sein Gesicht war so zart und mitleidsvoll...«

Jeronim seufzte tief auf und ergriff das Seil. Wir näherten uns schon dem Ufer. Aus der Dunkelheit und der Stille des Flusses kamen wir allmählich in ein Zauberreich voll erstickendem Rauch, zitterndem Licht und Lärm. Neben den Pechfässern konnte man schon deutlich die sich bewegenden Menschen unterscheiden. Das flackernde Licht verlieh den roten Gesichtern und Gestalten einen seltsamen, beinahe fantastischen Ausdruck. Zwischen den Köpfen und Gesichtern waren hie und da Pferdeköpfe zu sehen, unbeweglich, wie aus rotem Kupfer gegossen.

»Gleich wird man den Osterkanon singen ...«, sagte Jeronim. »Nikolai ist aber tot, und es ist niemand da, der mit Andacht zuhören könnte ... Für ihn gab es nichts Süßeres als diesen Kanon. Er pflegte in jedes Wort einzudringen! Sie werden ja dort sein, Herr, lauschen sie andächtig dem Gesange: Es stockt einem dabei der Atem!«

»Werden Sie denn nicht in der Kirche sein?«

»Ich darf nicht ... Ich muss auf der Fähre bleiben...«

»Werden Sie denn nicht abgelöst?«

»Ich weiß nicht ... Man hätte mich schon um neun Uhr ablösen sollen, hat mich aber, wie sie sehen, nicht abgelöst! Die Wahrheit zu sagen, möchte ich zu gern in die Kirche...«

звания. Говорят все громко, когда ходят, ногами стучат, шумят, кашляют, а Николай говорил завсегда тихо, ласково, а ежели заметит, что кто спит или молится, то пройдет мимо, как мушка или комарик. Лицо у него было нежное, жалостное...

Иероним глубоко вздохнул и взялся за канат. Мы уже приближались к берегу. Прямо из потемок и речной тишины мы постепенно вплывали в заколдованное царство, полное удушливого дыма, трещащего света и гама. Около смоляных бочек, уж ясно было видно, двигались люди. Мельканье огня придавало их красным лицам и фигурам странное, почти фантастическое выражение. Изредка среди голов и лиц мелькали лошадиные морды, неподвижные, точно вылитые из красной меди.

— Сейчас запоют пасхальный канон... — сказал Иероним, — а Николая нет, некому вникать... Для него слаже и писания не было, как этот канон. В каждое слово, бывало, вникал! Вы вот будете там, господин, и вникните, что поется: дух захватывает!

— А вы разве не будете в церкви?

— Мне нельзя-с... Перевозить нужно...

— Но разве вас не сменят?

— Не знаю... Меня еще в девятом часу нужно было сменить, да вот, видите, не сменяют!.. А, признаться, хотелось бы в церковь...

»Sind Sie Mönch?«

»Ja ... d. h. Laienbruder.«

Die Fähre stieß ans Land und hielt. Ich drückte Jeronim fünf Kopeken für die Überfahrt in die Hand und sprang aufs Ufer. Im gleichen Augenblick fuhr ein knarrender Bauernwagen mit einem Jungen und einer schlafenden Frau auf die Fähre. Jeronim ergriff, von den Feuern rötlich beleuchtet, das Seil, krümmte sich und brachte die Fähre in Bewegung....

Ich machte einige Schritte durch den Schmutz, kam aber dann auf einen weichen, neu eingetretenen Fußpfad. Dieser Pfad führte mich durch die Rauchwolken, durch die unordentliche Menge von Menschen, ausgespannten Pferden und Wagen zum Klostertore, das wie ein dunkles Loch aussah. Alles knarrte, schnaubte und lachte, auf allem lag ein blutroter Lichtschein und huschten Schatten der Rauchwolken ... Ein wahres Chaos! In diesem Gedränge fand man noch Platz, um eine kleine Kanone zu laden und Pfefferkuchen feilzubieten!

Innerhalb der Klostermauer ging es nicht weniger lebhaft zu, aber hier herrschte doch mehr Ordnung. Hier roch es nach Wacholder und Weihrauch. Man sprach ebenso laut, lachte aber nicht. Zwischen den Grabsteinen und Kreuzen drängten sich Menschen mit Bündeln und Osterkuchen. Viele von ihnen waren offenbar von weit hergekommen, um sich die Osterkuchen weihen zu lassen, und waren ermüdet. Über die gusseisernen Platten, die einen Steg vom Tore bis zur Kirchentüre bildeten, liefen geschäftig, mit den Absätzen klopfend, die jungen Laienbrüder. Auch auf dem Glockenturme ging es geräuschvoll zu.

— Вы монах?

— Да-с... то есть я послушник.

Паром врезался в берег и остановился. Я сунул Иерониму пятачок за провоз и прыгнул на сушу. Тотчас же телега с мальчиком и со спящей бабой со скрипом въехала на паром. Иероним, слабо окрашиваемый огнями, налег на канат, изогнулся и сдвинул с места паром...

Несколько шагов я сделал по грязи, но далее пришлось идти по мягкой, свежепротоптанной тропинке. Эта тропинка вела к темным, похожим на впадину, монастырским воротам сквозь облака дыма, сквозь беспорядочную толпу людей, распряженных лошадей, телег, бричек. Всё это скрипело, фыркало, смеялось, и по всему мелькали багровый свет и волнистые тени от дыма... Сущий хаос! И в этой толкотне находили еще место заряжать маленькую пушку и продавать пряники!

По ту сторону стены, в ограде, происходила не меньшая суетня, но благочиния и порядка наблюдалось больше. Тут пахло можжевельником и росным ладаном. Говорили громко, но смеха и фырканья не слышалось. Около могильных памятников и крестов жались друг к другу люди с куличами и узлами. По-видимому, многие из них приехали святить куличи издалека и были теперь утомлены. По чугунным плитам, которые лежали полосой от ворот до церковной двери, суетливо, звонко стуча сапогами, бегали молодые послушники. На колокольне тоже возились и кричали.

– Was für eine unruhige Nacht! – dachte ich mir. – Wie schön! –

Ich sah die Unruhe und Schlaflosigkeit in der ganzen Natur, von der nächtlichen Finsternis angefangen bis zu den Eisenplatten, Grabkreuzen und Bäumen, unter denen sich die Menschen bewegten. Die Aufregung und Unruhe äußerten sich aber nirgends so stark wie in der Kirche selbst. Im Portal ging ein ununterbrochener Kampf zwischen Flut und Ebbe vor sich. Die einen kommen, die anderen gehen und kehren bald wieder zurück, um eine Weile ruhig zu stehen und dann wieder hinauszugehen. Die Menschen schlendern von Ort zu Ort, als suchten sie etwas. Vom Eingang her kommen Wellen, die durch die ganze Kirche laufen und sogar die vordersten Reihen berühren, wo die soliden und schwerfälligen Menschen stehen. Von andächtigem Beten kann hier nicht die Rede sein. Es ist auch kein Beten, sondern eine einzige, kindliche unbewusste Freude, die nach einem Vorwand sucht, um sich auszuleben und in irgendeiner Bewegung zu äußern, und sei es auch in dem sinnlosen Herumschlendern und Herumstoßen.

Dieselbe ungewöhnliche Beweglichkeit fällt auch am Ostergottesdienst selbst auf. Die Altarpforten aller Kapellen stehen offen, um den Deckenleuchter herum schweben dichte Weihrauchwolken, wo man auch hinblickt, überall ist ein Leuchten, Glänzen, das Knistern von Kerzen ... Bei diesem Gottesdienste wird nichts vorgelesen; das unruhige, freudige Singen dauert ununterbrochen bis zum Schluss; nach jedem einzelnen Gesang wechseln die Geistlichen die Gewänder und schwingen aufs Neue die Weihrauchfässer, und das wiederholt sich alle zehn Minuten.

«Какая беспокойная ночь! — думал я. — Как хорошо!»

Беспокойство и бессонницу хотелось видеть во всей природе, начиная с ночной тьмы и кончая плитами, могильными крестами и деревьями, под которыми суетились люди. Но нигде возбуждение и беспокойство не сказывались так сильно, как в церкви. У входа происходила неугомонная борьба прилива с отливом. Одни входили, другие выходили и скоро опять возвращались, чтобы постоять немного и вновь задвигаться. Люди снуют с места на место, слоняются и как будто чего-то ищут. Волна идет от входа и бежит по всей церкви, тревожа даже передние ряды, где стоят люди солидные и тяжелые. О сосредоточенной молитве не может быть и речи. Молитв вовсе нет, а есть какая-то сплошная, детски-безотчетная радость, ищущая предлога, чтобы только вырваться наружу и излиться в каком-нибудь движении, хотя бы в беспардонном шатании и толкотне.

Та же необычайная подвижность бросается в глаза и в самом пасхальном служении. Царские врата во всех приделах открыты настежь, в воздухе около паникадила плавают густые облака ладанного дыма; куда ни взглянешь, всюду огни, блеск, треск свечей... Чтений не полагается никаких; пение, суетливое и веселое, не прерывается до самого конца; после каждой песни в каноне духовенство меняет ризы и выходит кадить, что повторяется почти каждые десять минут.

Kaum hatte ich mich hingestellt, als von vorn eine Welle kam und mich zurückwarf. Vor mir ging ein großer, stämmiger Diakon mit einer langen roten Kerze in der Hand vorbei; ihm folgte mit dem Weihrauchfass in der Hand der grauhaarige Archimandrit mit einer goldenen Mithra auf dem Kopfe. Als sie den Blicken entschwunden waren, schob mich die Menge auf meinen früheren Platz zurück. Es vergingen aber keine zehn Minuten, als eine neue Welle kam und wieder der Diakon erschien. Diesmal folgte ihm der Vikar, derselbe, der nach Jeronims Worten die Geschichte des Klosters schrieb.

Ich war mit der ganzen Menge eins geworden und von der allgemeinen freudigen Erregung angesteckt, fühlte aber zugleich schmerzvolles Mitleid mit Jeronim. Warum wird er nicht abgelöst? Warum schickt man nicht auf die Fähre einen anderen, weniger gefühlvollen und empfänglichen Menschen?

»Hebe deine Augen, Zion, und schau ...«, sang der Chor, »denn deine Kinder sind zu dir wie göttliche Gestirne gekommen, vom Abend und von Mitternacht, vom Meere und vom Morgen.«

Ich sah mir die Gesichter an. Alle drückten einen Jubel aus; aber kein Mensch suchte in die Worte dessen, was gesungen wurde, einzudringen, keinem »stockte der Atem«. Warum löste man Jeronim nicht ab? Ich stellte ihn mir vor, wie er bescheiden und gebückt an einer Mauer steht und die Schönheit der heiligen Worte gierig auffängt.

Не успел я занять места, как спереди хлынула волна и отбросила меня назад. Передо мной прошел высокий плотный дьякон с длинной красной свечой; за ним спешил с кадилом седой архимандрит в золотой митре. Когда они скрылись из виду, толпа оттиснула меня опять на прежнее место. Но не прошло и десяти минут, как хлынула новая волна и опять показался дьякон. На этот раз за ним шел отец наместник, тот самый, который, по словам Иеронима, писал историю монастыря.

Мне, слившемуся с толпой и заразившемуся всеобщим радостным возбуждением, было невыносимо больно за Иеронима. Отчего его не сменят? Почему бы не пойти на паром кому-нибудь менее чувствующему и менее впечатлительному?

«Возведи окрест очи твои, Сионе, и виждь... — пели на клиросе, — се бо приидоша к тебе, яко богосветлая светила, от запада, и севера, и моря, и востока чада твоя...»

Я поглядел на лица. На всех было живое выражение торжества; но ни один человек не вслушивался и не вникал в то, что пелось, и ни у кого не «захватывало духа». Отчего не сменят Иеронима? Я мог себе представить этого Иеронима, смиренно стоящего где-нибудь у стены, согнувшегося и жадно ловящего красоту святой фразы.

Alles, was an den Ohren der um mich stehenden Menschen vorbeiglitt, hätte er gierig mit seiner empfänglichen Seele getrunken; er hätte sich daran berauscht, sodass ihm der Atem stockte, und es gäbe in der ganzen Kirche keinen glücklicheren Menschen als ihn. Er aber fuhr auf dem dunklen Flusse hin uns her und beweinte seinen verstorbenen Bruder und Freund.

Von hinten kam eine Welle. Ein wohlbeleibter, lächelnder Mönch drängte sich, mit dem Rosenkranz spielend und immer zurückblickend, an mir vorbei und bahnte den Weg einer Dame in Hut und Samtmantel. Der Dame folgte, über unseren Köpfen einen Stuhl tragend, ein Klosterdiener.

Ich verließ die Kirche. Ich wollte den toten Nikolai, den unbekannten Dichter der Akathiste sehen. Ich ging längs der Mauer mit den Zellen, blickte in mehrere Fenster hinein, sah aber nichts und kehrte zurück. Jetzt bedaure ich nicht, dass ich Nikolai nicht gesehen habe; Gott weiß, vielleicht wäre, wenn ich ihn gesehen hätte, das Bild erloschen, das mir meine Fantasie malt. Diesen sympathischen, poetischen Menschen, der nachts aufzustehen pflegte, um zu Jeronim hinüberzurufen, und der in seine Akathiste Blumen, Sterne und Sonnenstrahlen streute, den unverstandenen und einsamen Menschen stelle ich mir blass und schüchtern, mit weichen, sanften und traurigen Gesichtszügen vor. In seinen Augen muss neben Klugheit auch noch die Liebe leuchten, jene kaum zurückgehaltene, kindliche Verzückung, die ich in der Stimme Jeronims hörte, als er mir die Bruchstücke aus den Akathisten zitierte.

Всё, что теперь проскальзывало мимо слуха стоявших около меня людей, он жадно пил бы своей чуткой душой, упился бы до восторгов, до захватывания духа, и не было бы во всём храме человека счастливее его. Теперь же он плавал взад и вперед по темной реке и тосковал по своем умершем брате и друге.

Сзади хлынула волна. Полный, улыбающийся монах, играя четками и оглядываясь назад, боком протискался около меня, пролагая путь какой-то даме в шляпке и бархатной шубке. Вслед за дамой, неся над нашими головами стул, торопился монастырский служка.

Я вышел из церкви. Мне хотелось посмотреть мертвого Николая, безвестного сочинителя акафистов. Я прошелся около ограды, где вдоль стены тянулся ряд монашеских келий, заглянул в несколько окон и, ничего не увидев, вернулся назад. Теперь я не сожалею, что не видел Николая; бог знает, быть может, увидев его, я утратил бы образ, который рисует теперь мне мое воображение. Этого симпатичного поэтического человека, выходившего по ночам перекликаться с Иеронимом и пересыпавшего свои акафисты цветами, звездами и лучами солнца, не понятого и одинокого, я представляю себе робким, бледным, с мягкими, кроткими и грустными чертами лица. В его глазах, рядом с умом, должна светиться ласка и та едва сдерживаемая, детская восторженность, какая слышалась мне в голосе Иеронима, когда тот приводил мне цитаты из акафистов.

Als wir nach der Messe die Kirche verließen, war die Nacht schon zu Ende. Der Morgen brach an. Die Sterne waren erloschen, und der Himmel war graublau und trüb. Die Eisenplatten, Grabdenkmäler und die Knospen an den Bäumen waren von Tau bedeckt. Die Morgenluft war scharf und frisch. Hinter der Klostermauer herrschte nicht mehr das Leben, das ich nachts gesehen hatte. Die Pferde und die Menschen schienen müde und schläfrig und bewegten sich kaum; von den Pechfässern waren aber nur Häufchen schwarzer Asche übrig geblieben. Wenn der Mensch müde ist und schlafen will, so scheint es ihm, dass auch die Natur das Gleiche empfinde. Mir kam es vor, als ob die Bäume und das junge Gras schliefen. Als läuteten die Glocken nicht mehr so laut und freudig wie in der Nacht. Die Unruhe hatte sich gelegt, und von der Erregung war nur eine angenehme Mattigkeit, die Sehnsucht nach dem Schlafe und der Wärme zurückgeblieben.

Jetzt konnte ich schon den Fluss mit den beiden Ufern unterscheiden. Über ihn zog hie und da leichter Nebel. Das Wasser atmete Kälte und Strenge. Als ich auf die Fähre kam, standen auf ihr schon ein Wagen und an die zwanzig Männer und Weiber. Das Feuchte, und wie mir schien, schläfrige Seil spannte sich weit über den breiten Fluss und verschwand stellenweise im weißen Nebel.

»Christ ist erstanden! Ist sonst niemand da?«, fragte eine leise Stimme.

Когда после обедни мы вышли из церкви, то ночи уже не было. Начиналось утро. Звезды погасли, и небо представлялось серо-голубым, хмурым. Чугунные плиты, памятники и почки на деревьях были подернуты росой. В воздухе резко чувствовалась свежесть. За оградой уже не было того оживления, какое я видел ночью. Лошади и люди казались утомленными, сонными, едва двигались, а от смоляных бочек оставались одни только кучки черного пепла. Когда человек утомлен и хочет спать, то ему кажется, что то же самое состояние переживает и природа. Мне казалось, что деревья и молодая трава спали. Казалось, что даже колокола звонили не так громко и весело, как ночью. Беспокойство кончилось, и от возбуждения осталась одна только приятная истома, жажда сна и тепла.

Теперь я мог видеть реку с обоими берегами. Над ней холмами то там, то сям носился легкий туман. От воды веяло холодом и суровостью. Когда я прыгнул на паром, на нем уже стояла чья-то бричка и десятка два мужчин и женщин. Канат, влажный и, как казалось мне, сонный, далеко тянулся через широкую реку и местами исчезал в белом тумане.

— Христос воскрес! Больше никого нет? — спросил тихий голос.

Ich erkannte die Stimme Jeronims. Das nächtliche Dunkel hinderte mich nicht mehr, das Gesicht des Mönches zu sehen. Er war ein groß gewachsener Mann von etwa fünfunddreißig Jahren, mit schmalen Schultern, rundlichen Gesichtszügen, halbgeschlossenen, träge um sich blickenden Augen und einem ungekämmten keilförmigen Bärtchen. Er sah ungewöhnlich traurig und müde aus.

»Hat man Sie noch nicht abgelöst?«, fragte ich erstaunt.

»Mich?«, sagte er, sein erfrorenes, taubedecktes Gesicht zu mir umwendend und lächelnd. »Jetzt wird mich bis zum Morgen niemand mehr ablösen. Alle gehen zum P. Archimandriten zu Tisch.«

Er und ein Bäuerlein in einer roten Fellmütze, die an das Gefäß aus Lindenrinde erinnerte, in dem man Honig verkauft, stemmten sich gegen das Seil, räusperten sich, und die Fähre geriet in Bewegung.

Wir fuhren, unterwegs den träge aufsteigenden Nebel verscheuchend. Alle schwiegen. Jeronim arbeitete mechanisch mit nur einer Hand. Er betrachtete uns lange mit seinen sanften, trüben Augen und heftete dann den Blick auf das rosige, schwarzbraunige Gesicht einer jungen Kaufmannsfrau, die auf der Fähre schweigend neben mir stand und vor dem sie umfangenden Nebel zitterte. Während der ganzen Fahrt riss er von ihr den Blick nicht mehr los.

In diesem unverwandten Blick lag wenig Männliches. Mir scheint, dass Jeronim im Gesicht dieser Frau die weichen und zarten Züge eines verstorbenen Freundes suchte.

Я узнал голос Иеронима. Теперь ночные потемки уж не мешали мне разглядеть монаха. Это был высокий узкоплечий человек, лет 35, с крупными округлыми чертами лица, с полузакрытыми, лениво глядящими глазами и с нечесаной клиновидной бородкой. Вид у него был необыкновенно грустный и утомленный.

— Вас еще не сменили? — удивился я.

— Меня-с? — переспросил он, поворачивая ко мне свое озябшее, покрытое росой лицо и улыбаясь. — Теперь уж некому сменять до самого утра. Все к отцу архимандриту сейчас разговляться пойдут-с.

Он да еще какой-то мужичок в шапке из рыжего меха, похожей на липовки, в которых продают мед, поналегли на канат, дружно крякнули, и паром тронулся с места.

Мы поплыли, беспокоя на пути лениво подымавшийся туман. Все молчали. Иероним машинально работал одной рукой. Он долго водил по нас своими кроткими, тусклыми глазами, потом остановил свой взгляд на розовом чернобровом лице молоденькой купчихи, которая стояла на пароме рядом со мной и молча пожималась от обнимавшего ее тумана. От ее лица не отрывал он глаз в продолжение всего пути.

В этом продолжительном взгляде было мало мужского. Мне кажется, что на лице женщины Иероним искал мягких и нежных черт своего усопшего друга.